난 빨강

난 빨강

박성우 청소년시집

창비

|3부| **난 빨강**

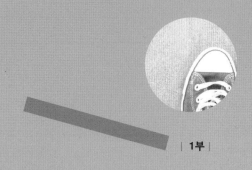

1부

아직은 연두

신나는 악몽

기말고사 보려고 학교에 갔는데
고릴라가 교실을 비스킷처럼 끊어 먹고 있다

고릴라 곁에 있던 염소가
기말고사 시험지를 깡그리 먹어치우고 있다

운동장에서는 능구렁이가
선생님들을 능글능글 가로막고 하품 중이다

쩔쩔매던 우리들은 어쩔 수 없이
삼삼오오 모여 실컷 놀다가 집으로 간다

출렁출렁

이러다 지각하겠다 싶을 때, 있는 힘껏 길을 잡아당기면 출
렁출렁, 학교가 우리 집 앞으로 온다

춥고 배고파 죽겠다 싶을 때, 있는 힘껏 길을 잡아당기면
출렁출렁, 저녁을 차린 우리 집이 버스 정류장 앞으로 온다

갑자기 니가 보고 싶을 때, 있는 힘껏 길을 잡아당기면 출
렁출렁, 그리운 니가 내게 안겨 온다

대체 왜 그러세요

쉬는 날 아침에 머리 좀 빗으면
—넌, 아침부터 머리만 빗냐?

쉬는 날 오후에 머리 좀 빗으면
—넌, 대낮에 그렇게 할 일이 없냐?

쉬는 날 저녁에 머리 좀 빗으면
—넌, 오밤중에 무슨 머리를 빗냐?

말조개

지독한 가뭄이다
내 맘처럼 마른 강가에
말조개 한 마리가 입을 벌리고 있다

지가 무슨 황야의 말이라고
갈기도 없는 몸으로 달려온, 몸이 까맣다
벌어진 안쪽은 팅 비어 빛나고
물을 쫓아 달렸을 발은 보이지 않는다

따가닥따가닥
껍데기만 남은 말조개 껍데기를 부딪쳐본다
따가닥따가닥 따가닥따가닥 말조개가 달린다
쩍쩍 갈라진 바닥에 풀풀 흙먼지 날린다

외발의 말조개는
마른 강을 빠져나가는 강물을 쫓아
왜틀비틀 달렸을 것이다

온 힘을 다해 뻘뻘 외발을 뻗었을 것이다
스스로 낼 수 있는 가장 빠른 속도로
왜틀비틀 뻘뻘 내달렸을 말조개,
바람무늬와 물결무늬가 선명하다

따아가아다악
더는 한 걸음도 뗄 수 없어
타는 목과 발을 버렸을 말조개
껍데기를 강물에 던진다
말조개가 따아가아다악, 물속으로 달려든다

말발굽 소리 들으며 나는 집으로 간다

아직은 연두

난 연두가 좋아 초록이 아닌 연두
우물물에 설렁설렁 씻어 아삭 씹는
풋풋한 오이 냄새가 나는 것 같기도 하고
옷깃에 쓱쓱 닦아 아사삭 깨물어 먹는
시큼한 풋사과 냄새가 나는 것 같기도 한 연두
풋자두와 풋살구의 시큼시큼 풋풋한 연두,
난 연두가 좋아 아직은 풋내가 나는 연두
연초록 그늘을 쫙쫙 펴는 버드나무의 연두
기지개를 쭉쭉 켜는 느티나무의 연두
난 연두가 좋아 초록이 아닌 연두
누가 뭐래도 푸릇푸릇 초록으로 가는 연두
빈집 감나무의 떫은 연두
강변 미루나무의 시시껄렁한 연두
난 연두가 좋아 늘 내 곁에 두고 싶은 연두,
연두색 형광펜 연두색 가방 연두색 팬티
연두색 티셔츠 연두색 커튼 연두색 베갯잇
난 연두가 좋아 연두색 타월로 박박 밀면

내 막막한 꿈도 연둣빛이 될 것 같은 연두
시시콜콜, 마냥 즐거워하는 철부지 같은 연두
몸 안에 날개가 들어 있다는 것도 까마득 모른 채
배추 잎을 신나게 갉아 먹는 연두 애벌레 같은, 연두
아직 많은 것이 지나간 어른이 아니어서 좋은 연두
난 연두가 좋아 아직은 초록이 아닌 연두

압정별

어둠 속에 흩뿌려진 압정별들,

초승달에 턱을 괴고 앉아
엄지손가락 떨리도록 꾸우꾹 눌러보네

보고 싶다 보고 싶다 니가 보고 싶다

막무가내로 들춰지는 너는 눌려지지 않고
동글게 움츠린 내 몸만 새벽 깊이 박히네

따끔따끔 코끝으로 쏟아지는 뾰족한 별들

보름달

엄마, 사다리를 내려줘
내가 빠진 우물은 너무 깊은 우물이야

차고 깜깜한 이 우물 밖 세상으로 나가고 싶어

송아지

아빠랑 같이
묵은 소똥 거름을 낸다

쇠스랑으로 푹푹 찍어
거름을 퍼 담는데,

살은 삭혀 거름으로 보내고
한낱 뼈다귀로 남은 송아지가 나온다

소똥을 깔고 소똥을 덮은
송아지 뼈가 소똥을 물고 나와,

음매음매 우는 울음과
쪽쪽 어미젖을 빠는 소리도 따라 나온다

끔뻑끔뻑 뜨던 눈도
살고픈 발버둥과 몸부림도

고분고분 순하게, 쇠스랑에 딸려 나와

가시 촘촘한 복분자 줄기 밑으로 든다
한낱 뼈다귀로 나온 송아지,

할머니 젖꼭지 같은 복분자
밭으로 뚤레뚤레 든다

가벼운 이사

　아장아장 걷던 동생이 중학생이 되고 유치원에 다니던 내가 고등학생이 된 집이다

　다용도실 시멘트 벽에는 동생과 내가 크레파스로 그린 그림이 아직 또렷하다 동생과 나는 해와 달과 별이 함께 뜨는 집 화단에 물을 주고 있다 바보, 동생의 엉덩이를 걷어차는 그림에는 가위표가 선명하다 바보, 온 가족이 모여 나무를 심던 식목일 감나무에는 벌써 빨간 홍시가 주렁주렁 열려 있다

　경매로 넘어간 집에서 이삿짐을 꾸린다 벽의 그림 낙서도 벽화의 일종이지만 따로 경매에 붙여지진 않았다 참 이상도 하지, 밤새 꾸려놓고 보니 가져갈 게 별로 없는 헐렁한 짐이다 너무나 가벼워서 무거워진 이삿짐,

　엄마는 기어이 동여맨 보자기에 눈물을 보탠다 감나무야 너는 아직 시퍼런 감을 주렁주렁 매달고 있구나 아빠도 나도 동생도 툭툭 붉어지는 아침이다

22

거룩한 똥

개가 싼 똥은 풀꽃을 키웠지만 내가 싼 똥은 단 한 번도 거름이 되지 못했어 이마 찡그리고 코 틀어막기 바빴을 뿐, 풀한 포기 키워낸 적 없었어

실상사 작은학교 뒷간에서 똥을 눴어 끙차끙차 똥을 누고는 지리산을 똥똥 울리며 떨어지는 똥 위에 한 줌 재와 톱밥을 뿌렸어 선생님 똥도 우리들 똥도 거름으로 쓸 거래 쌀밥 먹고 싸면 쌀밥똥 옥수수 먹고 싸면 옥수수똥 고구마 먹고 싸면 고구마똥,

우리가 싼 똥이 고추 가지 토마토도 키우고 호박 넝쿨도 오이 넝쿨도 쭉쭉 뻗게 할 거래 지리산도 더 깊고 푸르게 할 거래

한옥마을 일박

여름방학이다 미국 미네소타 주에서 왔다는 에리카와 에밀리와 카리와 캐서린 누나를 만났다

김치와 꽃게장과 청국장과 밴댕이젓에 하나같이 손을 대지 못하던 누나들은 고개만 절레절레, 한정식 밥상을 물렸다 허기졌을 배로 한옥마을 골목을 돌았고 은행나무 그늘에 들어 더위를 식혔다 전통 한지를 떠보고 다도를 배우는 여름 하루해가 서둘러 산마루를 넘어갔다

맵지 않은 저녁을 먹고 빈둥거리다가 누가 먼저 말을 꺼냈을까, 한복을 입어보게 했다 노랑 분홍 저고리에 선홍색 치마, 무명 버선까지 신어보게 했다 재희와 주희와 문선이와 은주라는 이름 대신 에리카(17)와 에밀리(18)와 카리(20)와 캐서린(17)이 된 누나들이 웃었다

지치고 피곤한 얼굴로 멍하니 앉아 있다가도 스마일 원 투 쓰리만 하면 아주 어릴 적, 해외로 입양되었다던 누나들이 있

는 힘껏 환하게 웃어주었다

닭

비가 죽죽 치는 마당가에
암탉 한 마리가 꾸부정하다
어깨 늘어뜨린 채
날갯죽지를 어정쩡 펴고 있다

날개를 다쳤나? 병든 닭인가?
몇 발짝 다가가 봐도 암탉은
둘레둘레 나를 돌아볼 뿐, 움쩍하지 않는다

휘이, 나는 발을 쿵 내디뎌
비 맞고 있는 암탉을 놀래켜본다

놀란 암탉이 파드닥 하는 사이
양 날갯죽지 밑에서 뭔가가
우르르 쏟아져 나온다
이런, 노란색을 막 벗은 병아리들이다

삐악삐악 삐삐 삐악삐악,
일순간 흩어졌던
병아리 여섯 마리가
어미 닭의 날개깃 밑으로 모여든다

어미 닭은 아까처럼
몸을 꾸부정하게 만들어
날개우산 안으로 병아리를 들인다

어미 닭이 가만가만
날개우산을 몇 번인가 폈다 접으니
여섯 마리 병아리가 감쪽같이 가려진다

어미 닭은 꼬오꼬꼬, 고개만 뺄 뿐
꼼짝도 않고 서서 죽죽 치는 비를 받아낸다

몸부림

　나의 지독한 몸부림이 누군가의 눈에는 그저 아름다운 풍
경으로 비춰질 때가 있다 가령

　물고기가 뛸 때다, 해 질 무렵 물고기가 뛰어 오르는 것은
붉고 고요한 풍경에 격정적인 아름다움을 더하기 위해서가
아니다 그것은 비늘 안쪽으로 파고드는 기생충을 털어내기
위한 물고기의 필사적인 몸부림이다 농부가 해 지는 들판에
서 땅에게 허리를 깊게 숙이는 것 또한 마찬가지, 농부는 엄
숙하고도 가장 서정적인 아름다움을 더하기 위해 풍경으로
남아 있는 것이 아니다

　깜깜한 어둠 속에서도 앞다투어 빛나는 학교와 도서관과
공부방 또한 마찬가지

한 마리 곰이 되어

한 마리 곰이 되어 겨울잠에 들고 싶어 으음 나흘만 더 잘
게요, 잠꼬대도 해대면서 코를 드르렁드르렁 지치도록 자고
싶어 음냐 음냐, 달콤한 꿈을 꾸는 동안 함박눈은 펑펑 내려
동굴 입구까지 쌓이겠지 정말이지 한 마리 곰이 되어 겨울잠
에 들고 싶어 알람 시계 따위는 동굴에 가져가지 않을 거야
아침 잔소리도 절대 들어오지 못하게 할 거야 알람 소리도
잔소리도 없는 깊은 동굴에 들어 잠만 잘 거야 아무도 찾아
올 수 없는 깊은 산속 동굴에 들어 곰곰 생각하지 않는 미련
한 곰이 되어 실컷 잠만 잘 거야 자다가 자다가 지치면 기지
개를 켤 거야 내가 쭈욱쭉 기지개를 켜며 울면 골짜기가 쩌
렁쩌렁 울리겠지 푸릇푸릇한 봄이 성큼 와 있겠지

| 2부 |

넌 안 그러니?

공원 담배

공원에 모여 담배를 피웠다 우리가 담배를 피웠다기보다
는 담배가 우리를 피어오르게 했다 침을 찍찍 뱉어야만 할
것 같았고 수시로 어깨와 팔을 건들건들, 짝다리를 짚어야만
할 것 같았다 뻐끔 담배를 피우는 건 유치한 일이야, 연기를
목 깊이 빨아들이다 보면 몸이 어질어질해왔다 데이트하러
온 연인들도 슬슬 밤 공원을 뜨고 뜸하게 오가던 발길도 끊
기면 담배를 피우는 일도 덩달아 시큰둥해져왔다 누군가 불
쑥 시비라도 걸어오면 재밌겠지 그치? 우리는 침을 퉤퉤 뱉
으며 담배를 비벼 껐다 어쩔 때는 엉뚱하게도 우리끼리 시비
가 붙어 주먹다짐 직전까지 가기도 했지만 곧 싱겁게 헤어졌
다 알짱알짱 시시껄렁하게 담배를 피우는 일도 점점 싱거워
져갔다

심부름

누나는 고 삼이다
반에서 일이 등 하는 고 삼이다

그런 누나가 뜬금없이
만두가 먹고 싶다고 해서,
뒤에서 오 등 정도 하는 내가
밤늦게 만두 심부름을 갔다

너무 늦어서 이 골목 저 골목
문 닫지 않은 만두 집을 찾아 헤매다가
큰 사거리 근처까지 나가서 겨우 샀다

만두가 식을까 봐 뛰어서 집으로 갔다

심부름 가서 딴짓하다 늦게 왔다고
엄마한테 잔소리를 잔뜩 들었다

난 뒤에서 오 등이니까,
말대꾸할 힘도 없어서 그냥 잤다

내 친구, 선미

선미는 내 여자 친구다

피아노도 치고 싶고
시도 쓰고 싶다는
선미는 내 여자 친구다

머리 감고 거울을 보다가
잠자리에 들 때가
가장 행복하다는 선미,
잠에서 깨어
뭉텅뭉텅 빠진 머리카락을
한 움큼씩 주워 버리는 아침이
가장 서글프다는 선미,
선미는 내 여자 친구다

글씨 한 자 한 자를 쓸 때마다
진땀이 뻘뻘 난다는 선미,

선미는 몸이 좀 불편한 내 여자 친구다

편지 한 통을 쓰고 나면
온몸의 기운이 쭉 빠진다면서도
또박또박 눌러쓴 손 편지를
꼬박꼬박 보내오는 선미,

피아노도 치고
가끔은 시도 쓰는 선미,

선미는 내 여자 친구다

전쟁과 평화

비틀비틀, 아빠가 들어왔다
설거지를 하던 엄마가
술 좀 작작 마시라고 쏘아붙였다

그러고는 곧 전쟁이 시작되었다
나는 동생의 귀를 막은 채
이불을 뒤집어쓰고 있었다

쿵쿵 물건 부서지는 소리와
입에 담을 수 없는 쌍소리가 들렸다
일주일이 멀다 하고 벌어지는 전쟁,

난 그대로 집을 뛰쳐나가거나
제발 그만들 좀 하시라고 따지고 싶었지만
이불 속에서 덜덜 떠는 동생을 안고
숨죽여 울다가 그만 잠이 들었다

다음 날 아침,
집은 아무렇지 않게 평화로웠다

학교에 가려고 집을 나서면서
지금 대문을 열고 나가는 것이
마지막이면 좋겠다고 막막하게 생각했다

사춘기인가?

요샌, 아무 말도 하기 싫다

엄마랑 아빠가 뭘 물어와도
대답은커녕 그냥 짜증부터 난다
이게 사춘기인가?

엄마 말이 안 들리니? 들려요
너 요새 무슨 일 있지? 없어요
너 요새 누구랑 노니? 그냥 놀아요
너 요새 무슨 생각 하니? 아무 생각 안 해요
쉬는 날 식구들끼리 놀러 갈까? 싫어요
너 요새 진짜 왜 그래? 뭐가요
엄마랑 말하기 싫어? 고개만 *끄덕끄덕*
대충대충 설렁설렁 대답하고는
내 방으로 획 들어가 버린다
제발 신경 *끄고* 내버려 두라고
신경질을 내기도 한다

엄마든 아빠든 다 귀찮아서
방문도 턱 잠가버린다

넌 안 그러니?

서울대

같은 동네에 사는 완상 오빠가
서울대에 합격했다

그 뒤로 엄마는
완상 오빠 얘기뿐이다

밥 먹다가도
설거지하다가도
청소하다가도
완상 오빠 반만 따라가라,
라는 말을 입에 달고 산다

처음엔 그냥
부러워서 그러나 보다 했는데
이제는 정말이지 미칠 것 같다

공부를 안 하는 척하고 싶고

일부러 시험도 엉망진창 망치고 싶다

완상 오빠네가 이사를 가든지
우리 집이 이사를 가든지 하면 좋겠다

뭘 빌려줘

대철이가 또, 손을 내민다
돈을 빌려달라는 뜻이다

오천 원 천 원이건 오백 원이건
내 주머니에 있는 만큼 빌려 간다
내가 돈이 없을 땐 백 원도 빌려 간다

매번 나는 대철이에게 돈을 빌려주었다
그렇지만 한 번도 빌려준 돈을 못 받았다

대철이가 인상 쓰는 게 무서워서
그간 나는 순순히 돈을 내주었다

그렇지만 생각만 해도 짜증 난다
나 자신이 한없이 비겁해지고 창피해진다
밤에 잠도 잘 안 오고 학교도 점점 싫어진다

뭘 빌려줘? 오늘은 미친 척하고
한 번도 돌려 받아본 적이 없으니까
돈을 빌려줄 수 없다고 잡아뗐다

대철이가 나를 잔뜩 째려봤다
주먹으로 툭툭 얼굴을 쳐왔다
덜컥 겁이 났지만, 나는 주먹을 날렸다
교실은 한바탕 아수라장이 되었다

코피가 터지고 눈탱이는 밤탱이가 되었다
물론, 대철이가 아니고 내가 그렇다는 거다
비록, 돈을 빌려준 것만도 못하게 얻어터졌지만
어쨌든 기분이 나쁘진 않았다

컴퓨터를 조심해

엄마 아빠 없인 살아도
난, 컴퓨터 없인 못 살아

엄마가 열 받아서
인터넷을 끊어버리기도 했고
아빠가 성질 뻗친다고
컴퓨터를 깨부수기도 했어
별의별 벌도 많이 받고
매도 맞을 만큼 맞았지만
용돈만 생기면 피시방으로 가
한 시간이든 한나절이든
학원비 빼돌려서도 피시방으로 가
온종일 게임을 해도 안 지쳐
걸핏하면 성인 사이트도 들락거려
어쩌다 컴퓨터를 못 하면
맘이 불안해지고 자꾸 짜증만 나
손톱도 물어뜯고 머리도 벅벅 긁어

성적은 바닥을 헤맨 지 오래고
엄마 아빠는 나 때문에 매일 싸워
하도 싸워서 이젠 진짜 이혼할지도 몰라
어쩌다 여기까지 오게 된 건지

요즘은 정말,
죽기 살기로 컴퓨터를 참아
사실은 컴퓨터 없인 살아도
엄마 아빠 없인, 정말 못 살 것 같거든!

컴퓨터를 조심해!

공부 기계

알람 시계가 울린다

고등학교 이 학년인
공부 기계가 깜빡깜빡 켜진다

아침을 먹는 둥 마는 둥
졸린 공부 기계는
책가방을 메고 학교로 간다

공부 기계는 기계답게
기계처럼 이어지는 수업을
기계처럼 듣는다

쉬는 시간엔 충전을 위해
책상에 엎드려 잠시 꺼진다

보충수업을 기계처럼 듣고

학원수업을 기계처럼 듣고
공부 기계는 기계처럼 집으로 간다

늦은 밤 돌아온 공부 기계는
종일 가동한 기계를 점검하다,

고장 난 기계처럼 껌뻑껌뻑 꺼진다

그깟 학교

무단결석을 했어
학교에서는 나를 퇴학시킬 거래

차라리 잘되었다 싶었어
그깟 학교, 안 다니면 그만이니까
간섭받고 혼나는 일도 지긋지긋하니까
그깟 학교, 그만두고
돈이나 벌면서 내 맘대로 살고 싶었어
누가 뭐래도 난 나니까
뭐든, 내가 하고 싶은 거만 할 거니까
그깟 학교, 확 때려치우고 싶었어

할머니가 사정사정해서
못 이기는 척, 며칠간 학교에 나갔어
그런데 할머니가 또, 학교에 불려 왔어
난 엄마 아빠가 이혼해서 할머니랑 살거든
담임선생님이건 교감선생님이건

할머니는 비굴하게 무릎까지 꿇어가며 빌었어
잘못 가르쳤으니 한 번만 봐달라고,
싹싹 비는 할머니도 말리는 선생님도 싫었어
나중엔 아빠까지 불려 와서 죽어라 빌고 갔어

학교에서 자른다는 거
겨우 자퇴서로 돌리고 마무리되었어
핏, 나중에 생각 바뀌면 다른 학교로 갈 수도 있대나

그깟 학교, 확 때려치우고 나니까
얼마간은 좋았어 빈둥빈둥 며칠은 대충 놀 만했지
근데 뭐든, 내 맘대로 될 줄 알았는데
딱히 할 일도, 할 수 있는 일도 없었어
알바도 어리다고 안 써주고
어쩌다 일을 해도 힘들어서 금방 때려치우게 돼
애들은 날 만나주기는커녕, 내 전화는 받지도 않아
하루하루가 정말 끔찍해, 그저 눈앞이 깜깜해

두고 보자

이 년 사귄 오빠한테 차였다

뭘 잘못했는지도 모르면서
잘못했다고 한 번만 봐달라고
싹싹 빌기까지 했지만, 매몰차게 차였다

손잡고 걷자고
어깨동무하고 앉자고
뽀뽀 한 번만 하자고
가슴 한 번만 만져보자고,
애걸복걸 조를 때는 언제고
더럽고 치사하게
나 말고 좋아하는 애가 생겼다는 거다

내가 싫어졌다는 말이 귀에서 윙윙대고
다른 여자애랑 키득거리고 있을 거 생각하면
성질 뻗치고 자존심 상해서 미칠 것 같다

안 울려고 해도 자꾸 눈물이 난다

두고 보자는 사람 하나도 안 무섭다지만
새로 사귀는 애랑 얼마나 잘되는지 두고 보자
이 더럽고 치사한 거지 똥구멍 같은 녀석아!

버스

학교에 갈 때마다
버스를 같이 타는 누나는 예쁘다
다리는 날씬하고 가슴은 빵빵하다
그 여고생 누나 옆에 가서 서면
상큼하고 야릇한 냄새가 난다
비누 냄새인지 샴푸 냄새인지,
눈을 살짝 감고 그 냄새 맡다가
학교를 두 정거장이나 더 지나친 적도 있다
버스 정류장으로 나오는 누나만 봐도
가슴이 쿵쾅쿵쾅 뛰고 머릿속은
영어 숙어 하나 기억해낼 수 없을 만큼 깜깜해진다
한번은 밀린 버스에서 급히 내리다가
누나의 봉긋한 가슴을
팔꿈치로 툭, 부딪친 적이 있다
말랑말랑한 것 같기도 하고
좀 딱딱한 것 같기도 했는데
앞이 캄캄하고 어질어질하게 좋았다

일부러 그런 것도 아닌데
며칠 동안은 누나를 볼 때마다
고개를 딴 쪽으로 돌려야 했다
누나 생각을 하다 보면 무심코
팔꿈치를 만져보는 새 버릇도 생겼다
오늘은 작정하고 용기를 내어
버스를 기다리는 누나한테 말을 걸었다
기껏해야 두 학년 차이니까
누나의 가슴을 만졌으니 책임져야 하니까
만일, 쥐방울만 한 게 까분다고 혼내면
그냥 한 대 쥐어 터지면 그만이니까 더욱 용기를 냈다
저어 누나 좋아하는데요,
하필이면 그때 딱 맞춰
버스가 정류장으로 막 들어오고 있었다
머리만 긁적긁적 얼굴이 일순간 일그러지는데
누나는 나부터 버스에 타라며 내 등을 밀어주었다

노래방

보충수업에 지치고
야간 자율학습에 지치고
학원수업과 시험에 지치고 지친
필성 오빠는 이제 고 삼이 된다

그런 필성 오빠가 노래방엘 갔단다
딱 한 시간만 소리치고 나면
속이 후련해질 것 같아
공부도 진짜 열심히 할 수 있을 것 같아,
혼자 씩씩하게 동네 노래방엘 갔단다

근데 필성 오빠는 다섯 시간 만에야
노래방에서 겨우 나올 수 있었단다
한 시간짜리 노래 서비스를
네 번이나 받아, 목이 완전히 나갔단다

맘씨 착한 주인아저씨가

손님도 없는 차에
너무도 넘치는 위로의 시간을 내주어

차마, 고맙다는 말도 나오지 않았단다

학교가 우리에게

십수 년,
매일 밤늦게까지 깜빡거리는 게 지겹다
아침 일찍 졸린 눈 비비는 것도 지겹다

심지어 방학도 며칠 못 쉬어서
주저앉을 지경이다 폭삭 무너질 지경이다

선생님아 학생아
이젠 제발, 나도 좀 쉬자

| 3부 |

난 빨강

몽정

끈적끈적한 게
미끈미끈 만져졌다

이게 그건가?
부랴부랴 팬티를 갈아입었다

몰래 팬티를 빨다가
엄마와 눈이 딱 마주쳤다

깜짝 놀라 벌어진 입도
입을 막은 손도 똥그래진 눈도
팬티를 놓친 다른 손도,

그대로 멈춰졌다

1318 다이어트

밥은 하루 세 끼 꼬박꼬박 챙겨 먹고
잠들기 전까지도 간식을 챙겨 먹는 대신,

엄마 아빠와 선생님의 잔소리를
다이어트 약처럼 하루도 안 빼먹고 꼬박꼬박 잘 먹어!

잘 먹고 있지?

※ 유의 사항: 눈치를 많이 봐야 효과가 좋음

　　　　　간혹, 부작용으로 더 찔 수도 있음

은밀한 면도

거시기에 털이 난다

징그럽게 털이 난다
듬성듬성 털이 난다
곱슬곱슬 털이 난다

슈퍼에서
일회용 면도기를 샀다

터, 터, 털을 밀다가 비, 비, 비었다

아 아 아파서 말도 안 나온다
피 피 피만 핑글핑글 나온다
쓰 쓰 쓰라려서 눈물만 핑핑 쏟린다

난 빨강

난 빨강이 끌려 새빨간 빨강이 끌려

발랑 까지고 싶게 하는 발랄한 빨강

누가 뭐라든 신경 쓰지 않고 튀는 빨강

빨강 립스틱 빨강 바지 빨강 구두

그냥 빨간 말고 발라당 까진 빨강이 끌려

빼지도 않고 앞뒤 재지도 않는 빨강

빨빨대며 쏘다니는 철딱서니 같아서 끌려

그 어디로든 뛰쳐나갈 수 있을 것 같은 빨강

난 빨강이 끌려, 새빨간 빨강이 끌려

해종일 천방지축 쏘다니는 말썽쟁이, 같은 빨강

빨랑 나도 빨강이 되고 싶어 빨랑

빨랑, 빨강이 되어 싸돌아다니고 싶어

빨빨 싸돌아다니다가 어느새 나도

빨강이 될 거야 새빨간 빨강,

빨강 치마 슈퍼우먼이 될 거야

빨강 팬티 슈퍼맨이 될 거야

빨강 구름 빨강 바다 빨강 빌딩숲 만들러 날아다닐 거야

새빨간 거짓말 같은 빨강,

막대사탕처럼 달달하게 빨리는 빨강,

혀를 내밀면 혓바닥이 온통

새빨갛게 물들어 있을 것 같은 달콤한 빨강

빨──강, 하고 말만 해도

세상이 온통 빨개질 것 같은 끈적끈적한 빨강

면도 후

거시기 털을
겨우 말끔하게 밀었는데
이런 제길, 이건 또 웬 털이냐?

근질근질 따끔따금
삐져나오는 털,

까뭇까뭇 삐뚤빼뚤
삐져나오는 털,

징글징글 지긋지긋
삐져나오는 털,

볼 때마다
민망해 죽을 지경인데

그것도 모자라

방구석에 날리는 털,

털, 넌 도대체 뭐니?

신나는 가출

쉬는 시간마다 가출 계획을 짰다
가출 계획서를 작성하기에는
야간 자율학습 시간은 너무도 짧았다
뭔가 특별한 일들이
뭔가 특별한 시간들이
우리를 기다리고 있는 것만 같아서
우리 셋은 수업 시간조차 즐거워했다
판서는 물론 선생님의 설명도
놓치지 않고 노트에 옮겨 적었고
짝꿍이 말을 걸어와도 떠들지 않았다
선생님의 질문에 대답도 곧잘 했고
시키지 않은 예습 복습도 열심이었다
이제 곧 떠날 거니까
학교에 다시는 돌아오지 않을 거니까
어쩌면 이 모든 것들은 추억이 될 테니까,
기꺼이 기쁜 마음으로 받아들였다
우리 셋은 각자 저금통을 털기로 했다

동수는 손바닥 위에 통장을 탁탁 치며
어깨를 으쓱해하기도 했다
가출을 생각하는 것만으로도
우리가 튀기로 한 부산, 해운대의 갈매기 소리가
끼룩끼룩 들려올 것만 같았다
남녘 바다 냄새를 들이켜기 위해
우리는 눈을 지긋 감고 코를 벌름거렸던가,
드디어 일주일 앞으로 가출일이 다가왔다
그렇지만 우리는 아무 일 없는 듯
이 학년 일 학기 중간고사에 매달렸다
그러곤 아무도 가출에 대해 얘기하지 않았다
시험을 다 치른 우리는
학교 근처 중화요리 집으로 달려갔다
면발을 빼는 서로의 뒤통수를
손바닥 얼얼하게 때리면서 해죽해죽,
자장면 곱빼기 한 그릇씩을 말끔히 비웠다

문 잘 잠가

조심조심 소리 안 나게
문고리 손잡이 천천히 돌려 방문을 잠갔어
그러곤, 침대에 누운 채로 고무줄 바지를 내렸지

지하철에서 본 진짜 야한 여자를 상상하면서
딱딱하게 성난 잠지를 잡고 자위를 시작했어
그 여자 생각을 안 하려 할수록 더 생각났지
난 정말 나쁜 놈이다, 되뇌어도 참아지지 않았어

몰려오는 숨을 참으며 막 사정하려는 찰나,
공부 잘되냐? 이크, 방문이 확 열렸어
이건 뭐, 어찌나 민망하던지

분명, 문을 잠근다고 잠갔는데
채 잠가지지 않은 모양이야
분명, 엄마 아빠가 잠든 줄 알았는데
아빠는 잠들지 않았던 모양이야

엄마 아빠 제발,

제 방에 들어올 땐 노크 좀 해주세요

좀 놔둬요

성적이 이게 뭐냐?
—뭐가 어때서요

복장이 이게 뭐냐?
—뭐가 어때서요

지금 태도가 뭐냐?
—뭐가 어때서요

뭐가 어때서요는 뭐냐?
—뭐가 어때서요

나가!

정말 궁금해

남자애들 거시기가 커지면
몸무게가 늘어날까? 안 늘어날까?
거시기가 엄청 땅땅하게 커지면
당연히 늘어나는 거 아닌가?

궁금해 미칠 것 같아서
몇 번이나 망설이다가 과학 선생님께 여쭤봤다
계집애가 엉큼한 생각이나 한다며,
꿀밤 얻어터질 각오 하고 물어봤다

내 생각엔 분명
몸무게가 늘 것 같은데, 안 늘어난단다

여자 친구 사귀기

여름방학 동안
시립 도서관에 갔다가
맘에 드는 여자애가 생겼어

하루는 마음먹고
쪽지를 보냈는데, 답장이 왔어
가슴이 콩콩 뛰었지
화장실에 가서 쪽지를 펴보았어
어쩜, 글씨도 그렇게 예쁠까

좀 새침하게 생겼지만
얼굴도 귀엽고 종아리도 예뻤어
종일 책을 펴놓고는 있지만
그 여자애한테 자꾸 눈길이 갔지

내가 도서관을 좋아하게 되다니,
엄마도 감동 먹었는지 용돈을 팍팍 주셨어

내가 생각해도 나는 정말 기특한 것 같아
감쪽같이 여자 친구를 사귀게 되다니

하루에도 몇 번씩 쪽지를 보내놓고
쪽지가 오기만을 기다렸어

드디어 쪽지가 왔어
근데, 내가 잘못 읽었나?
사귀는 남자 친구가 있으니
그만 찝쩍대고 공부나 하래

그 녀석이 어떤 녀석인지는 몰라도
맞짱이라도 뜨고 싶었지, 그렇지만
나는 그만 맥이 탁 풀려버리고 말았어
난 공부도, 싸움도, 여자 친구 사귀기도, 별로거든

꼭 그런다

두 시간 공부하고
잠깐 허리 좀 펴려고 침대에 누우면
엄마가 방문 열고 들어온다
──또 자냐?

영어 단어 외우고
수학 문제 낑낑 풀고 나서
잠깐 머리 식히려고 컴퓨터 켜면
엄마가 방문 열고 들어온다
──또 게임 하냐?

일요일에 도서관 갔다 와서는
씻고 밥 챙겨 먹고 나서
잠깐 쉬려고 텔레비전을 켜면
밖에 나갔던 엄마가 들어온다
──또 티브이 보냐?

헷갈려

쉬는 날 어쩌다 텔레비전 좀 볼라 치면 S라인이 어쩌고 V 라인이 어쩌고 한다 몸짱 얼짱, 섹시라인 연예인들이 솔직히 부럽다

엄마 아빠, 나도 살 좀 뺄까? 넌 지금 그대로가 제일 예뻐, 적당히 통통하니 얼마나 사랑스럽고 예쁘니! 착한 우리 딸 몸매가 최고야, 그러니까 다이어트 할 생각 말고 공부나 해 마음이 예뻐야 진짜 예쁜 거 아니겠니?

쉬는 날 어쩌다 텔레비전 좀 볼라 치면 엄마는 S라인 V라 인 몸짱 여자 연예인 몸매 부러워하느라 호들갑이고, 아빠는 S라인 V라인 몸짱 여자 연예인 몸매 쳐다보느라 여전히 입을 헤벌린다 이게 뭐냐고요

우정

친구 동준이가 집에 놀러 왔다

라면을 네 봉지나 먹은 우리는
거실 소파에 앉아 배를 꺼쳤다

그러다가 동준이가 진열장에 있는
아빠의 테니스 라켓을 꺼내 들었다

라켓으로 강서브 흉내를 내는 찰나,
거실 장식등이 와장창 깨졌다

얼른 나는 테니스 라켓을 뺏어 들었다

설거지를 하고 방으로 들어갔던 엄마가
놀라서 뛰쳐나왔다

얼떨결에 라켓을 뺏긴 동준이가

어리뺑뺑한 눈으로 나를 쳐다봤다

몽땅 컸어

일 년 새에 키가 십오 센티나 컸어

일어서 있는데도 자꾸 일어나 보라고
장난을 치던 녀석들이 몽땅 사라졌어

키는 땅딸막한 데다
목은 없고 몸만 찐빵처럼 퍼져서
내가 봐도 난, 놀란 거북이 같았는데

고 이가 되면서
일 년 새에 키가 십오 센티나 컸어

키만 커진 게 아니라
손발도 커지고 어깨도 커졌어
마음 씀씀이도 십오 센티쯤 커졌어

엄마 아빠도 내가 철이 들어간대나?

사춘기 앓는 동생도 챙겨주고
삐딱하게만 듣던 선생님 말씀도 제법 들어

고 이가 되면서
일 년 새에 키도 맘도 십오 센티나 컸어

근데, 내 거시기는 얼마나 컸을까나?

암튼, 이래저래 몽땅 컸어

| 4부 |

지나가는 사람

안 그러이껴?

니, 성적이 이게 뭐로?

아배 닮아서 안 그러이껴
아배는 할배를 한나도 안 닮아가지고
공부를 억씨 모하셨지만
지는 아배를 쏙 빼닮아 뿌래가지고
공부하다가 콧방구만 뀌도
공부한 기 거로 다 빠져나가 뿌는 거 아이껴
안 그러이껴?

이놈아 자슥이 뭐라꼬 자꾸 쳐지뀌노!

* 경북 지방 사투리는 안동 출신 안상학 시인의 도움을 받았습니다.

학원

단짝 애들은 학원으로 몰려가고
나는 여느 때처럼 그냥 집으로 갔다

집에 거의 다 갔다가
엄마가 일하는 초원식당엘 들렀다
엄마는 찌개와 반찬을 나르고,
빈 그릇을 치우느라 정신없이 바빠 보였다

밥은 챙겨 먹었니? 그런 와중에
엄마는 짬을 내어 밥을 차려주셨다
집에서 먹던 찌개 맛과 똑같은 맛이었다

니 엄마를 생각해서라도 공부 열심히 해,
내 옆에 잠깐 앉은 주인아줌마는
밥 먹는 나를 무척이나 기특해하면서
지폐 한 장을 쥐여주셨지만,
내 뒤통수를 측은히 여기는 게 분명했다

저도 학원엘 좀 다녀보면 어떨까요,
라고 생각난 김에 말이나 해보려고
식당엘 간 거였지만, 말이 떨어지지 않았다

훌라후프

훌라후프가 허리를 돌린다
허리는 퍼진 엉덩이를 돌리고
엉덩이는 늘어진 뱃살을 돌린다
씰룩쌜룩 출렁출렁, 훌라후프는
어깨 위로 들려진 손목을 돌리고
답답한 가슴을 벌렁벌렁 돌린다
탄력을 받은 훌라후프는
헉헉거리는 숨소릴 돌리고
이마와 뒷목의 땀방울을 돌린다
후우후우, 훌라후프는
눈앞이 까매지는 어지럼증 달래어
주저앉으려는 허벅다리 물살을 돌린다
훌라후프는 떨어지지 않기 위해
잘록한 선이 드러나는 허리
탱탱하고 빵빵한 엉덩이와 가슴,
에스라인 생각을 끈덕지게 감아 돌린다
몸매라인 자랑하는 애들을 비웃어 돌리고

살쪘다고 놀리는 엄마 코를
납작하게 눌러 필사적으로 돌린다
사나흘 아침저녁으로 몸을 돌리다가
빙그르 지쳐 떨어진 훌라후프는
베란다 구석에서 나올 줄을 모른다

전학

잘못 배달된 자장면처럼
나는 팅팅 불어터져 간다
버스를 잘못 타서
허구한 날 지각을 해대고
심지어는 내가 몇 반인지도 헷갈린다
자장면 맛이 가게마다 조금씩 다르듯
친구들 말투도 좀 다르고
얼굴빛도 어딘가 모르게 다르다
새 학교는 낯선 것투성이여서
이유 없이 주눅이 들고
어떻게든 하루가 지나가기만 바란다
딱히 진도가 다른 것도 아닌데
모르는 게 더 많은 수업 시간 내내
쉬는 종 울리기만 막막하게 기다린다
종 치기 무섭게 책상에 엎드린다
말을 거는 것도 걸어오는 말에 답하는 것도
다 귀찮아 그저 자는 척한다

학교에서뿐 아니라
집에 돌아와도 외톨이이긴 마찬가지,
골목과 건물과 집까지도 낯설다
대충대충 과제를 마친 후엔
밤마다 내일 학교에 갈 걱정만 한다
밤새 불어터져서는
까마득 먼 졸업 날짜만 세어본다

못된 아들

울 아빠 울 엄마는 만날 일만 한다

아빠는 가구 공장에서 목재를 나르고
엄마는 집에서 부업으로
이런저런 전자 부품을 조립한다
어쩔 땐 밤새 종이 가방도 접는다

나는 그런 아빠 엄마가
창피하지는 않지만
그렇다고 자랑스럽지도 않다

어쩌다가 술을 한잔하신 아빠가
나를 불러 앉혀놓고는
공부 열심히 안 하면
엄마 아빠처럼 고생한다는 말을 할 때는
정말이지 짜증만 나고 듣기도 싫다
사실은 그런 말을 하는 아빠가 진짜 싫다

아빠 엄마는 밤낮으로 일을 하는데
우리 집은 왜 이렇게 궁색할까
가족끼리 근사한 외식 한번 못하고
왜 만날 돈한테만 쩔쩔매야 할까

근사한 양복에 근사한 원피스를 입고
비까번쩍한 승용차에 어마어마하게 큰 집에 사는
아빠와 엄마를 가진 애들이 까마득 부럽다
그런 집의 아들로 내가 태어났다면 난 어땠을까

정말이지 난, 참 못된 아들이다

국어 선생님

내가 가진 책들은
어떤 페이지를 펴보아도
온통 국어 선생님 얼굴만 보여준다
책 속에서 아른아른, 또렷하게 나와
내 이름을 다정하게 불러준다

찰싹, 내가 내 뺨을 치며
정신을 바짝 차려야만
국어 선생님은 책 속에서 잠깐 사라진다

그러다가는 금세 또 또렷하게 나타나는
내 사랑 국어 선생님은,
내가 펼치는 모든 교과서와 참고서에서 나와
내 이름을 다정하게 불러주고는
나를 등 뒤에서 꼭 껴안아 준다

찰싹, 정신을 바짝 차리려

찰싹찰싹, 내가 내 뺨을 때리고는
얼얼해진 뺨을 가만히 어루만지다 책을 들면

어느새 나는 또, 국어 선생님과 검푸른 바닷가에 있다

말똥말똥 멀뚱멀뚱 내려온 뭇별들과
찰바당찰바당 바다를 거니는 달이 있는 바닷가,
모래밭에 나란히 앉은 내 사랑 국어 선생님이
간질간질 달콤한 귓속말을 해온다 나도 사랑해,

책이 모래알처럼 손가락 사이를 빠져나간다

피자, 헉

토요일 오후였어
학교 갔다 오다가 철물점 앞에서 아빠를 만났어
단박에 달려가서 아빠를 안았지

호스랑 철사 같은 걸 사러 나왔댔어
아빠는 읍내 통조림회사 경비원인데,
회사 청소도 하고 이래저래 고장 난 것도 고치거든
작업복을 입은 아빠는
바쁜 일이 있어서 바로 들어가야 한다며
받쳐 있던 자전거에 짐을 싣고 급히 갔어

집에 가니까 누나가 먼저 와 있었어
누나한테 읍내에서 아빠를 만났다고 말했지
누나를 약 올릴 요량으로
아빠가 피자를 사줬다고 마구 떠들어댔어

아빠, 저도 피자 사줘요 네?

누나는 퇴근하는 아빠를 붙잡고 졸라댔어
아빠는 무슨 말인지를 몰라서 어리둥절해했지
평소에 엄마의 빈자리 같던 누나가 그러니까
어찌나 한심하고 얄미워 보이던지
그런데 아빠가 진짜 피자 한 판을 시켜줬어, 헉

성구야, 아깐 아빠가 미안했다
작업복에 자재 값만 챙겨 간 터라 그냥 보냈구나
난 멋쩍어서 뭐라 할 말이 별로 없었어
그때였어, 회사에서 아빠를 찾는 전화가 걸려왔어

퇴근했던 아빠는 멋쩍어하는 내게 씨익, 웃어주고는
자전거를 타고 읍내 회사로 달려 나갔어
자전거를 타고 어깨춤을 추는 사람처럼 말이야
아빠는 왼쪽 다리가 짧아서 자전거를 탈 땐
꼭 신나서 어깨춤을 추는 사람 같거든, 헉
피자는 뜨거울 때 같이 먹어야 맛있는데

아빠 대 엄마

아빠는 꼭 그래
술 마시고 늦게 들어오고
거실이며 베란다에서 담배도 엄청 피워
엄마의 끈덕진 잔소리에도 끄떡 않고
오히려 큰소리를 쳐서
양말도 한 짝씩 휙휙 벗어 던지고
옷도 아무렇게나 휙휙 벗어 던져
쉬는 날에는 밥도 안 먹고 종일 잠만 자
어쩌다 깨어 있을 땐 신문이랑 티브이만 봐
당신이 알아서 좀 해 내가 뭘 그런 것까지 신경 써,
엄마랑 내가 뭘 하든 말든 신경도 안 써
심지어는 내가 몇 학년인지도 헷갈려 해

엄마한테 큰소리 뺑뺑 치던 아빠가
요샌, 엄마한테 꼼짝도 못해

청소기 한번 안 돌리고

98

세탁기 한번 안 돌리던 아빠가
요샌, 청소도 하고 빨래도 도맡아 해
아침저녁으로 밥도 하고 설거지도 해
회사가 문 닫아서 집에 계시거든
엄마는 요새 회사에 다니느라 무척 바빠
얼굴 보기도 힘들고
술 마시고 늦게 올 때도 많아
쉬는 날에는 화장도 안 지우고 종일 잠만 자
어쩌다 깨어 있을 땐 세일하는 백화점에 옷 사러 가
당신은 시간도 많잖아 애 공부도 좀 봐주고 그래,
아빠랑 내가 뭘 하든 눈에만 띄면 사사건건 잔소리만 해
심지어는 내가 뻔히 변비 앓는 줄 알면서도
화장실 오래 쓴다고 혼내

용서를 받다

짝이 돈을 잃어버렸다
몇 번이고 같이 찾아보았지만
잃어버린 돈은 나오지 않았다

날 의심하는 거야?
너 아니면 가져갈 사람이 없잖아!
짝은 엉뚱하게도 나를 의심했다
아니라고 부정할수록 자존심만 구겨졌다

하늘이 백 조각 나도 나는 결백하다

기어이 교무실까지 불려 가고 말았다
담임선생님도 나를 의심하는 눈치였다

끝까지 아니라고 했지만
이번 한 번만 그냥 넘어가 준다며
너그럽게 다그쳤다

몸이 부들부들 떨려왔고
이를 앙다물고 참아도 눈물이 났다

내 짝은 우리 반 일 등에다가
모든 선생님들께 예쁨을 받는 애니까

어이없게도 나는
아무 잘못도 없이 용서를 받았다

우리들의 수다

접시가 깨진다 하나둘 쏟아지기 시작한 접시들이 테이블을 치며 깨지고 무릎을 치며 깨진다 밥알 퉁기며 깨지고 튀어 올랐다가 떨어지며 깨진다 교복 속 깊이 쌓여 있던 접시들이 와그르르, 서로의 등짝 밀치며 깨진다 어휴 놀래라, 귀를 막건 인상을 찡그리건 말건 신나게 깨진다 교복 치마 펄럭이며 경쾌하게 깨진다 키득키득 입속에서 나와 쉴 새 없이 깨지는 접시, 침 튀기며 나온 접시들이 손뼉 치며 깨지고 엉덩이 들썩이며 깨진다 어쩜 좋아, 발을 구르며 깨진다 시간 가는 줄 모르고 깨져야 후련한 접시 시간 가는 줄 모르고 깨져서 안 보이는 접시!

쓰레기통

짜샤 지저분하게 굴지 마

학생이면 학생다워야지
어디서, 침 찍찍 뱉고 발길질이야

너만 열 받냐?

여차하면 나도 뚜껑부터 열린다!

오래된 건망증

너도 그러니? 나도 그래, 나를 잃어버린 지 오래야 하도 오래되어서 언제 잃어버렸는지 기억도 가물가물해

그 어디에도 나는 없어 학교에도 학원에도 버스에도 집에도 나는 없어 혹시나 해서 찾아가 본 분실물보관소에도 나는 없었어 그렇다고 나를 완전히 잃어버린 건 아니야 출석을 부를 때 분명히 '예' 하고 대답하는 소리를 똑똑히 들었거든 하지만 그뿐 그 어디에도 나는 없어

부탁이야, 어디서든 나를 보면 곧장 연락 좀 해줘 잘 타일러서 보내줘 바다도 보여주고 영화도 보여주고 맛있는 것도 실컷 좀 사 먹여서 보내줘 암튼, 하고 싶다는 거 다 해줘서라도 꼭 좀 내 몸한테 돌려 보내줘

우연히라도 나를 보거든 꼭 좀 연락해줘, 후사할게

가시고기

아빠 가시고기는 둥근 집을 짓는다
엄마 가시고기는 그 집에
비린 알을 낳고는 곧 떠난다

강심이는 아빠랑 둘이 산다
이혼하고 떠난 엄마가 보고 싶어
울기도 참 많이 울지만 둥글둥글 산다

아빠 가시고기는 둥근 집에서
여린 알을 깨우고 새끼를 키운다
고픈 배, 아랑곳하지 않은 채
끼니를 굶어가며 새끼들을 돌본다
덩치 큰 물고기가 공격해 와도
아빠 가시고기는 가시를 곤추세워,
온몸으로 새끼를 지켜낸다

강심이 아빠는 막노동판 목수다

막노동판으로 새벽일을 나가는 목수지만
아직 강심이네 집은 짓지 못했다
중학교에 다니는 강심이가
고등학생이 되면
집을 지어주겠다고 꼭꼭 약속했단다
강심이네 아빠는 그 약속 지키기 위해
쉬는 날도 없이 연장통을 챙긴다

　　아빠 가시고기는
　　이쯤이면 떨어져 살아도 되겠구나 싶을 때
　　부화시킨 새끼들을 떠나보낼 채비를 한다
　　이쯤에서 탈진한 아빠 가시고기는
　　기꺼이, 조여오는 죽음을 받아들인다
　　집 떠나는 새끼들에게
　　죽은 제 몸을 끼니로 내어주기 위함이다
　　스스로 고기반찬 푸진 한 끼 밥이 되어
　　먼 길 떠나는 새끼들을 든든하게 먹인다

강심이네 아빠가 신축 공사장에서 변을 당했다
영양실조로 현기증이 일어 발을 헛디뎠단다
강심이는 고 삼 소녀가장이 되었고
보상금으로 근근이 살아가야 한다
여전히 울기도 참 많이 울지만
내 친구 강심이는 둥글둥글 꿋꿋하게 잘 살 거다

지나가는 사람

집에 가는 버스를 놓쳤다
다음 버스는 두 시간 뒤에나 온다

차가 지나가길래 손을 들었다
방향이 같다며
어떤 아저씨가 흔쾌히 태워주었다
한눈에 척 봐도 참 좋은 사람 같다

아저씨는 내 말도 잘 들어주고
별거 아닌 얘기도 재밌게 했다
이 얘기 저 얘길 하다 보니 말이 잘 통했다
나는 엄마 얘기를 꺼냈다
지금은 새엄마랑 아빠랑 살지만
엄마가 있는 대전으로
고등학교를 갈 거라고 말했다
그래서 진짜 엄마랑 살 거라고

아저씨는 좀 놀라는 눈치였다 그러더니
엄마는 아직 혼자 사시냐고 물어왔다
아들 딸린 남자와 재혼해서
아이도 하나 낳았다고, 나는 대답했다
그럼, 새엄마나 아빠가 싫으냐?
새엄마도 아빠도 잘 대해주시지만
좋진 않다고, 나는 솔직히 말했다

아저씨는 그냥 지나가는 사람이니까
나를 다시는 볼 일이 없는 사람이니까,

꼭 비밀로 하고 싶었던 말들을 아저씨한테 다 했다

풋풋한 연두, 발랄한 빨강

1

언제부터인가 시에 관한 한 청소년들은 자신의 맞춤복을 입어볼 기회를 갖지 못했다. 아버지나 삼촌의 품이 맞지 않는 기성복을 물려 입거나 다리가 깡동하고 소매가 팔꿈치까지 올라가는 동생의 아동복을 억지로 입어야 했을 뿐이다. 시란 그들에게 자신의 생활과 정서에 밀착한 그 무엇이 아니었다. 그들 스스로 찾아 읽는 시들이 아주 없지는 않았지만 안타깝게도 삶에 뿌리를 두지 않은, 감상적인 넋두리에 불과한 것들이 대부분이었다. 청소년이라는 독자층이 엄연히 존재하는

데도 청소년을 위한 시는 웬일인지 줄곧 부재해왔던 것이다. 청소년을 위한 시의 부재는 근래 대두된 청소년소설 붐으로 더욱 도드라진 감이 적지 않다. 요즘 일어난 청소년소설에 대한 독자의 관심은 상대적으로 불모지대나 다름없는 청소년시의 위상에 대해 돌아보도록 한다. 청소년소설이 감당할 문학의 영역이 있다면 청소년시가 감당할 영역 또한 마땅히 존재해야 하는 것이 아닐까?

박성우는 성인 시단의 훌륭한 신예로서 좋은 시를 쓰는 시인이기도 하지만, 그 누구보다 아이들이 읽는 시에 대해 고민할 줄 아는 동시인의 한 사람이다. 기존 동시들의 낡은 어법과 소재와 발상 들에 대해 의문을 제기하는 그의 발걸음은 동시단을 긴장시킬 만한 새로움을 지니고 있다. 그런 그가 그동안 방치되어왔던 청소년시의 영토에 의미 있는 보습을 들이대었다.

2

박성우가 처음 선보인 청소년시들에서 우선 내 눈에 들어오는 두 개의 시어가 있다. 그것은 바로 '연두'와 '빨강'이라는 말이다. 연두와 빨강은 박성우가 이 시집에서 그리고 있는 청소년을 상징하는 중요한 키워드다.

　　난 연두가 좋아 초록이 아닌 연두
　　우물물에 설렁설렁 씻어 아삭 씹는
　　풋풋한 오이 냄새가 나는 것 같기도 하고
　　옷깃에 쓱쓱 닦아 아사삭 깨물어 먹는
　　시큼한 풋사과 냄새가 나는 것 같기도 한 연두
　　　　　　　　　　　　　　　　　　　　　—「아직은 연두」부분

　　난 빨강이 끌려 새빨간 빨강이 끌려
　　발랑 까지고 싶게 하는 발랄한 빨강
　　누가 뭐라든 신경 쓰지 않고 튀는 빨강
　　　　　　　　　　　　　　　　　　　　　—「난 빨강」부분

　연두로 상징되는, 시인이 바라보는 청소년의 모습은 얼핏
"아직은"이라는 부사에 매여 있다. "아직은"이라는 말은 시
본문에 등장하는 "풋풋한, 시큼한, 떫은, 시시껄렁한, 막막한"
같은 수식어와 연결되어, 청소년은 완성되지 못한 존재라는
것을 드러낸다. 그러나 완성되지 못한 존재라고 해서 곧 부정
적인 것을 의미하지는 않는다. 그것은 미완성의 존재이기에
아직은 가능성이 열려 있는 존재이며 아직은 기성의 가치와

제도에 물들지 않은 존재라는 의미를 품고 있다. 뒤의 시 「난 빨강」엔 '아직은' 같은 부사가 붙는 대신 "난"이라는 좀 더 강력한 주어가 놓여 있다. '나'는 남과 같아지려는 나가 아니라 남과 구별되기 위해 애쓰는 존재이다. "누가 뭐라든 신경 쓰지 않는, 튀는, 발라당 까진, 천방지축의" 심지어는 "새빨간 거짓말 같은, 끈적끈적한" '나'이다. '나' 역시 완성된 존재라기보다는 어디로 튈지 모르는 가능성을 가진 존재이며 기성의 가치나 제도가 요구하는 대로 자신을 고분고분 순응시키지 않으려는 존재이다. 시인은 시인 자신의 말법으로, 혹은 아이들의 목소리로 그러한 청소년들의 모습을 그려내려 애쓰고 있다.

알람 시계가 울린다

고등학교 이 학년인
공부 기계가 깜빡깜빡 켜진다

—「공부 기계」 부분

종래 청소년들에게 주어진 시는 청소년 자신이 미완성된 존재임을 자각하도록 이끈 측면은 있을지 모르겠으나 청소년의 얼굴과 목소리를 생생히 드러내는 데는 둔감했다. 청소년들이 안고 있는 현실과 솔직하게 대면하는 시, 그들의 말법과 정서와 호흡하는 시를 발견해내는 데는 부족함이 많았던 것이다. 시인은 '지금 여기' 청소년들이 겪고 있는 그들만의 고민과 갈등에 민감하다. 위의 시 「공부 기계」에는 피와 살이 있는 인간이 아니라 공부를 위해 한낱 기계가 되어버린 우리 청소년들의 자괴감이 또렷하게 드러나 있다.

그러나 청소년이 겪는 것이 단지 학업에 대한 압박감만은 아닐 것이다. 그들은 가정과 학교와 사회에서 여러모로 각기 다른 고민과 갈등에 부딪히며 상처를 입는다. 그 상처는 대부분 그들을 둘러싼 어른들과 소통이 부재하는 데서 기인한다.

> 엄마, 사다리를 내려줘
> 내가 빠진 우물은 너무 깊은 우물이야
>
> 차고 깜깜한 이 우물 밖 세상으로 나가고 싶어
>
> ―「보름달」전문

시적 화자는 "차고 깜깜한 이 우물 밖 세상"으로 나가고 싶다고 외치지만, 그것은 쉽게 받아들여지지 않는다. 어른들은 자신의 잔소리를 "다이어트 약처럼 하루도 안 빼먹고 꼬박꼬박 잘 먹"(「1318 다이어트」)기를 바랄 뿐, 아이들 마음속에 똬리를 틀고 있는 무거운 고민과 상처를 헤아릴 줄 아는 눈이 없기 때문이다. 소통의 불가능성을 감지한 아이들은 자신의 속내를 깊숙이 감춘다. 따라서 어른인 시인이 웬만한 애정과 눈썰미를 갖지 않으면 그것을 잡아내는 일은 이내 실패로 돌아가기 십상이다.

박성우는 아이들과 멀찌감치 떨어져 사진기를 들이대는 것이 아니라 아이들의 내면으로 들어가 그 상처를 세심한 시선과 손길로 어루만짐으로써 공감의 요소를 확보한다. 가령 시인은 우리가 통상적으로 파악하는 청소년 일반을 넘어 청소년 개개인의 구체적인 삶을 속속들이 그려 보인다. 거기에는 가출을 생각하는 아이들뿐만 아니라 노래방에 가고 흡연을 하는 아이들이 등장하며, 학원 공부에 시달리는 아이들뿐 아니라 학원에 가보고 싶어도 가정 형편 때문에 부모에게 말을 꺼내지 못하는 아이가 등장한다. 전학을 가 외톨이가 된 아이의 막막하고 쓸쓸한 심정을 드러내기도 하고, 소소한 일상에서 건져 올린 청소년 특유의 반짝이는 우정을 다음과 같이 그려내기도 한다.

친구 동준이가 집에 놀러 왔다

라면을 네 봉지나 먹은 우리는

116

거실 소파에 앉아 배를 꺼쳤다

그러다가 동준이가 진열장에 있는
아빠의 테니스 라켓을 꺼내 들었다

라켓으로 강서브 흉내를 내는 찰나,
거실 장식등이 와장창 깨졌다

얼른 나는 테니스 라켓을 뺏어 들었다

설거지를 하고 방으로 들어갔던 엄마가
놀라서 뛰쳐나왔다

얼떨결에 라켓을 뺏긴 동준이가
어리뻥뻥한 눈으로 나를 쳐다봤다

― 「우정」 전문

　박성우는 청소년 시기에 일어나는 몸과 심리의 변화, 이성
에 대한 호기심과 끌림에 대해서도 예민한 촉수를 들이댄다.
사춘기에 겪게 되는 2차 성징에 따른 여러 변화들이 청소년
기의 주된 관심사라는 것을 우리가 모르는 바는 아니었으나,

그것을 시로 그려내기 위해 진지한 고민을 한 시인은 역시 드
물었던 것이 그간의 사정이 아니었나 생각한다. 박성우는 예
의 청소년의 눈높이와 말법으로 그것을 꾸밈없이 그려낸다.

누나의 봉긋한 가슴을
팔꿈치로 툭, 부딪친 적이 있다
말랑말랑한 것 같기도 하고
좀 딱딱한 것 같기도 했는데
앞이 캄캄하고 어질어질하게 좋았다

—「버스」부분

남자애들 거시기가 커지면
몸무게가 늘어날까? 안 늘어날까?
거시기가 엄청 땅땅하게 커지면
당연히 늘어나는 거 아닌가?

—「정말 궁금해」부분

시인이 파악하기에 청소년에게 인식되는 성(性)은 단지 심
각하고 음습한 것만은 아니다. 앞서 언급한 연두와 빨강 두
색깔이 상징하듯 그것은 오히려 풋풋하고 발랄한 분위기로
그려진다. 말을 꺼내기 쑥스럽고 감추고 싶은 청소년의 속내

가 유머러스하고 밝은 색깔의 어조에 실려 자연스럽게 표출되는 것이다.

시인이 파악한 청소년의 현실은 '악몽'에 가까운 것이 틀림없지만, 그는 또한 연두와 빨강으로 대표되는 청소년의 내면이 다만 그런 현실에 지쳐 쓰러지거나 고개를 숙일 만큼 나약하지는 않다는 것을 잘 알고 있다. 시인은 아이들의 내면에서 발현되는 상상력에 기대어 악몽 같은 현실을 뒤집어 거기서 유쾌하고도 신나는 세계를 다음과 같이 그려 보인다.

이러다 지각하겠다 싶을 때, 있는 힘껏 길을 잡아당기면
출렁출렁, 학교가 우리 집 앞으로 온다

춥고 배고파 죽겠다 싶을 때, 있는 힘껏 길을 잡아당기면
출렁출렁, 저녁을 차린 우리 집이 버스 정류장 앞으로 온다

갑자기 니가 보고 싶을 때, 있는 힘껏 길을 잡아당기면
출렁출렁, 그리운 니가 내게 안겨 온다

―「출렁출렁」 전문

시인은 풋풋하고 발랄한 청소년의 모습을 그리는 것에 머무는 것이 아니라, 그들을 턱없이 눈부시게만 바라보는 상투

적인 시선에도 일침을 가한다.

　나의 지독한 몸부림이 누군가의 눈에는 그저 아름다운
풍경으로 비춰질 때가 있다 가령

　물고기가 뛸 때다, 해 질 무렵 물고기가 튀어 오르는 것
은 붉고 고요한 풍경에 격정적인 아름다움을 더하기 위해
서가 아니다 그것은 비늘 안쪽으로 파고드는 기생충을 털
어내기 위한 물고기의 필사적인 몸부림이다 농부가 해 지
는 들판에서 땅에게 허리를 깊게 숙이는 것 또한 마찬가지,
농부는 엄숙하고도 가장 서정적인 아름다움을 더하기 위
해 풍경으로 남아 있는 것이 아니다

　깜깜한 어둠 속에서도 앞다투어 빛나는 학교와 도서관
과 공부방 또한 마찬가지
　　　　　　　　　　　　　　　　　　　―「몸부림」 전문

"물고기가 튀어 오르는 것"은 "고요한 풍경에 격정적인 아
름다움"을 더하기 위해서가 아니라 "비늘 안쪽으로 파고드
는 기생충을 털어내기" 위해서다. 그것을 인간은 자기중심적
인 시선으로 그저 아름답게만 바라본다. 밤늦게까지 불을 밝

히는 학교와 도서관과 공부방을 아름다운 풍경으로 흐뭇하게 건너다보는 어른의 태도 또한 그와 다르지 않다. 우리 아이들이 학창 시절에 겪어야 하는 저 지난한 몸부림을 그저 아름다운 풍경으로 인식하는 태도는 자연과 노동을 단지 아름다운 풍경의 일부로 감상하는 미성숙한 태도와 별반 다르지 않다.

이 밖에도 시인은 연두와 빨강으로 대표되는 청소년의 내면에 다양한 스펙트럼이 존재함을 놓치지 않는다. 가령 물이 빠져나간 강기슭에 입을 벌린 채 죽어 있는 말조개의 형상에 빗대어 시적 화자의 황량한 내면을 그린 「말조개」, 보고 싶지만 가까이 할 수 없는 대상을 어둠 속에 흩뿌려진 압정별로 묘사한 「압정별」, 경매로 넘어간, 자신의 유년과 식구들의 추억이 고스란히 담긴 정든 집에서 이사하는 날의 비애를 그린 「가벼운 이사」, 비 오는 날 병아리를 품는 암탉의 모성을 담담하고도 조곤조곤한 어조로 묘사한 「닭」 들에는 앞서 살펴본 발랄함과 결이 다른 묵직하고 진지한 시선이 자리하고 있다.

3

지금 동시라 하면 초등학교 어린이만 읽는 시라는 통념이 지배적이다. 대개 아이들은 초등학교 졸업과 때를 같이하여 동시와 결별하는 수순을 밟는다. 중학생 이상이 된 아이들에게 동시란 이제 한낱 코흘리개 시절에 읽었던 시 이상을 의미하지 못하게 된 것이다. 그러나 해방기 때만 해도 사실 동시의 독자로 포섭되는 주된 독자는 오히려 청소년을 가리키는 경우가 많았다. 그 시를 일컬어 따로 소년시라는 명칭을 쓰기도 했다. 소년시든 동시든 혹은 청소년시든 아이들은 자신들의 생활과 정서에 밀착한 새로운 시를 갈망할 자유가 있으므로 청소년이란 새로운 깃털을 달게 된 아이들의 정서와 생리에 호흡하는 시를 찾는 것은 동시인의 당연한 책무라 할 것이다. 그러한 책무를 게을리한 탓에 우리에겐 청소년시의 전통이 튼실하게 이어지지 못했다. 그동안 청소년시란 영역은 아주 생소한 미답지로 변했고, 결국 다시 '맨땅에 헤딩'을 필요로 하는 곳이 되었다.

박성우는 이처럼 누구도 선뜻 발을 들이지 않으려는 영역에 과감하게 다시 발을 디딘 시인이다. 처음 시도를 했으면서도 그는 어른의 관념으로 재단한 청소년을 보여주지 않으려 애썼고, 그런 노력은 일정 부분 성과를 거두었다. 들리는 말로는 청소년시를 쓰기 위해 그는 책상 앞에서 머리를 굴리기보다 청소년들을 만나는 데 힘을 기울였다 한다. 그는 청소년 상담자, 학교에서 아이들과 만나는 교사들은 물론 청소년들과 직접 이야기를 나누며 그들의 고민과 생각을 귀담아들었다. 이 시집에서 소통과 공감의 요소를 발견한다면 그것은 모두 그런 발품을 통해 싹을 틔운 것이다. 그가 시인으로서 시와 동시에 두루 충실한 것처럼 앞으로도 청소년시에 꾸준히 매진하여 부디 새로운 작품들을 많이 보여주었으면 한다.

김제곤 | 문학평론가

어른들이 몰라준다고 너무 오래 삐치지는 마요.
초록으로 가는 연두이거나 톡톡 튀는 빨강, 같은
청소년 친구들이여. 그렇다고 또 너무 철들지도 마요.
아직 많은 것들이 지나간 어른이 아니니까.

'얘들아, 우리들이 시래. 우리들 얘기가 시래.' 하면서
그저, 신나고 재미있게 읽어주시길.
눈시울이 빨개졌다가도 금시 행복해지시길.
시 앞에서 쩔쩔매던 지난날에게 한 방 먹여주시길.
아주 가끔은 곰곰, 내가 꿈꾸는 색깔이 뭔지 생각해보시길.

124

청소년들을 위한 시를 써달라고
줄기차게 조르고 응원해준 이윤정 선생님과
깊은 애정으로 책을 만들어주신
창비 편집부의 이지영 선생님께 고마운 마음 전합니다.

2010년 2월
박성우

창비청소년문학 27

난 빨강

초판 1쇄 발행 • 2010년 2월 26일
초판 46쇄 발행 • 2024년 11월 29일

지은이 • 박성우
펴낸이 • 염종선
책임편집 • 이지영 이윤정
펴낸곳 • (주)창비
등록 • 1986년 8월 5일 제85호
주소 • 10881 경기도 파주시 회동길 184
전화 • 031-955-3333
팩시밀리 • 영업 031-955-3399 편집 031-955-3400
홈페이지 • www.changbi.com
전자우편 • ya@changbi.com

ⓒ 박성우 2010
ISBN 978-89-364-5627-6 43810